京都市国際交流会館～東日本大震災支援チャリティ企画

東日本大震災

詩劇

「鎮魂と復興のうた」

制作・構成　現代京都詩話会制作委員会

脚本・演出　田村照視

◆作詩（あいうえお順）

有馬　敲　「それからの浦島」
井上哲士　「海底のピアノ」
上村多恵子　「明日だけを見つめて」
方章子　「おろおろ歩き」
黒川　純　「そのけなげな表情を」
設楽壽一朗　「希望」
すみくらまりこ　「祈りの島」「さくらちゃん」
田村照視　「苛酷なり自然」
司　由衣　「危機を告げるカナリア」
長岡紀子　「この地に」
中西　衛　「波涛」
三浦千賀子　「このままボクは」
水月りら　「存在」「凪の営みに」

津軽三味線　山本竹勇
ギタリスト　山田昭夫
ナレーター　竹村淳子
司会者　　徳永真知子

登場人物

ナレーター

爺っちゃ（65歳）　岩手沿岸でワカメの養殖業、妻は行方不明。

好夫（35歳）　ワカメ養殖を爺っちゃと2人でしている。

民江（32歳）　子育て（5歳と2歳）をしながら家業を手伝っていたが、子ども2人とも流されて行方不明。

寺の住職（60歳）　寺の本堂を避難所にしている。

家が流され避難している人々　数名

―第一場―　「苛酷なり自然」

―幕上がる―

〈津軽三味線3分　演奏者の指定場所で弾く〉

〈暗い寺の本堂〉

舞台下手奥　―ダンボールでT字型に仕切られ、左右に一家族ずつ青いビニールシートや衣装ケースが置かれている。

舞台上手　―爺っちゃ、好夫、民江夫婦が上手奥に向かって正座し、手を合わせている。

〈爺っちゃ・好夫・民江・避難の人々　板付〉

ナレーター

2011年3月11日、東日本大震災は死者・行方不明者合わせて二万二千五百五十三人、そして多くの町や村が瓦礫を残して消えてしまった。これほどの大災害は歴史上記録にない。日本人の心のふる里である東北のこの惨状に、言葉を創りだすはずの多くの詩人たちが、言葉を失った日でもある。そしてこの日は私たち日本人にとって、原爆の日や終戦の日と同じく、特別な日となった。

〈津軽三味線　朗読の間スローテンポで小さく〉

朗読

「祈りの島」　すみくらまりこ

高島田《にいずま》のおみなの胸が
傷ついている

息ができないでいる
日本列島

高島田のおみなの心臓が
弱っている
息ができないでいる
日本列島

頭から　足のさきまで
痛みに耐えている　いま
被災したひとびと
それを想うひとびと

街がなくなり

村々がなくなり
いったい何からすればいいのか
道がなくなっている

いま
祈りだけが島を包んでいる
励ましだけが島を包んでいる
そして暗闇の沈黙に耐えている

〈津軽三味線止まる〉
〈住職、下手より登場　一同の様子を窺いながら中央へ〉

住職　「今日はな、お前さんたちにはとってもいいニュースじゃ。自衛隊の捜索部隊がな、港の仕分け所の近くで、横倒しになった船と瓦礫のすき間で年寄りを見つけたんじゃが、まだ生きとったそうじゃ」

〈一同、住職に注目する〉

避難の人　「ええッ、その年寄りは爺さまか、婆さまか？」

住職　「爺さまじゃったそうな」

避難の人　「そんだか」

〈爺っちゃと避難の人、肩を落とす〉

住職　「おう、民江さんももう起きているんじゃな、少しは落ち着いたかのお」

好夫　「まんだうなされるようで、ゆンべもほとんど眠れんようじゃった」

民江　「貴方ごめんなさい。私がもっと強くあの子たちを抱いていたら、なぜ離してしまったのか、代わりに私が…私が」

〈好夫、遮るように民江の肩を抱く〉

好夫　「もういい、もういいってば」
民江　「気がついた時はもう家さ流されかけて、子どもたちと婆っちゃを屋根の上に押し上げたまでは覚えがあるだど、そっから先はもう何がなんだか」
好夫　「わがったわがった、すっかたねえこんだ。おめえはよく頑張ったよう」
住職　「今日でまだ五日目じゃ。まんだまんだ諦めるには早いぞ」

〈舞台徐々に暗くなる〉
〈爺っちゃ　独白〉

爺っちゃ

「婆っちゃ、おめえも何処かで生きていてくれ。めんこい孫たちも、何処かで誰かが面倒みてくれているかもしんねえ。そう思わねえと居ても立ってもいられねえ。だで毎日《めえにち》めえにちおめえたちを探して、あっちさこっちさ回っているだど心は休まんねえ。婆っちゃ、必ず生きているんだど」

〈舞台暗転〉
〈出演者退場〉

ナレーター

この一家は三世代の六人家族であった。家を流され、命からがらこの先祖代々の菩提寺に身を寄せ、避難生活をしている。つい五日前までは、家族でワカメの養殖業をしながら幸せに暮らしてきたが、いたいけな幼い子ども二人と、婆さまが未だに行方不明である。

〈津軽三味線　伴奏〉

朗読

「苛酷なり自然」　田村照視

巨大な怪物だった
さっきまで住んでいた家を
何の躊躇いもなく
根こそぎ押し流し
ビニールハウスを容赦なく
舐めつくす悪魔

お前には慈悲という心が
微塵もないのか

逃げまどう年寄りを
いたいけな子どもたちを
家を　車を　当たり前のように
飲み込んでいく

「しっかり掴んでッ　離さないでッ」
若い母親は濁流に流される屋根の上で
幼い子どもを抱き　もう一人の手を
握って離さない
夫の熱い涙が
凍りついた身体のなかを
悲しい速度で通り過ぎる
怒涛は足元を襲いはじめ

こごえる意識は麻痺して
諦めの知覚に変わっていく

「なぜ私だけが」
夫の胸で嗚咽する母性は
悲しみより悔しさの方が強く
あの子の温もりが未だこの胸に
あの子の幼い手のたよりなさが
いつまでもこの手から
離れようとしない

〈津軽三味線　伴奏〉

「この地に」　長岡紀子

東日本の入り組んだ海岸　その波際に
こうも整然と並んで横たわる人たち
もう息をすることもなく
海鳥の羽ばたいて呼び交わす声も聞けず
くりかえす波音に調べを聴くこともなく
月の光で影を創り
陽の光ですべてを描く
遠く眺める絵図

ガレキの山が立ちふさがって
その地に入れない

不気味な地鳴り
数十メートルの水の壁は
海辺の村に覆い被る
怒涛はあらゆる物を
払いのけ　押し流し　呑み込み
奥深く抱いて去っていく

おもちゃが水に流されていく錯覚
客船が　漁船が　色とりどりの車が
濁流に押されて目の前を通り過ぎる
怒った海龍は　止まることなく
家を壊し　樹木を倒し
田や畑を　踏みにじり
引きずるように　連れ帰る

子どもであれ　母、父であれ　夫であれ　妻であれ
人も家も　沈黙の海の世界に連れて行った

計り知れない無限の自然よ
海は豊かで　人はその恵みに生かされてきた

地球
生きとし生けるもの唯一の星
その底に異なる地盤が重なり
遠い過去からくり返してきた　ずれ

海の水は　膨れあがり
この地になだれ込み
この地は　吊り橋のように揺れ
人々は叫び　悲しみ　祈り

死者を葬る地の上に
いく度も立ち直り　住み続けた

天と地の間にひしめく　小さな人の群れ
青い球形の一端にあるこの小さな島
人の住みいいように変えられて
今　安住の地があるのか　どうか

朗読

〈津軽三味線　伴奏〉

「おろおろ歩き」　方韋子

小学校の扉に
その子は

必死になって
指に泥を塗りたくって
かすれる文字で書きつけた
生きる命はすてき　と
小学生だったにちがいない

自分が無事でごめんなさい　と
言ったのは十五歳の少年
こんなごめんなさいってあるのだろうか
生きていることが罪だなんて
こんなことばがどこから吐けるのだろうか
神にも勝ることばを
われわれは聞いた

有線放送で
津波が来ますと
その瞬間まで
叫び続けた女性
津波だ　とふれまわって
波に向かっていった男性
かれらは死んだのち止んだ

こんな話は万を超す
残らなかったことばも万を超すだろう
海に向かってもくもくとギターを弾いている青年
「あの日から一滴の涙も流れない」という男性
思い出の品を探しながら
「日本中から支援物資をもらっているのに

よくぶかいもので」と笑って言う女性
七十三歳の老人は言う
死ぬ前に地獄を見るとは思わなかった　と

わたくしは
手も足も踊る
耳も遠いし目もしょぼつく
なにもかもがぼんやりして
トイレも近い
おろおろあるいては
足手まといになると
なんとなくわかっていても
ひとには言えず
東へも西へも　南へも北へも

行きもしないで
おろおろ　よろよろするばかり
役立たずの意気地なし奴《め》が
生きていてごめんなさい

あ、あ
十五歳の少年のことばのように
ことばが生きて返ってこない
おろおろ　よろよろ　おろよろろ

〈津軽三味線　伴奏〉

「波涛」　中西　衛

一頭の白馬が走ってくるのが見えたという
雪よりも白い馬が後から後から
数千頭も走ってくるのが見えたという
こちらに向かって
たてがみをたてて

背中になにを載せてきたのか
だれも気づかなかった
そして見えなかった
しろい幻

おおくの船をもちさって行ったという

おおくの人をさらって行ったという
悲しい貝殻のうた
いとしい人とのさびしいわかれ
わかれを拾い立ち去っていく人がいても
おさなごを小脇にかかえ
再び海へもどってくる人もいるだろう

われら海の子
よみがえれ海

〈津軽三味線　伴奏〉

―第二場―　「悲しみに耐えて」

〈舞台暗転から徐々に明るくなる〉
〈避難の人々　下手奥で新聞を読んだりして、くつろいでいる〉
〈住職　上手奥に向かって読経10秒〉
〈爺っちゃ・好夫・民江　後に座る〉

ナレーター

高台にあるこのお寺の避難所も、もう1ヶ月余りになる。住職の好意で壇家や近隣の人々十数家族が暮らしているが、幸い不自由な生活に変わりはない、だが自衛隊が設営してくれた風呂や、全国からボランティアが来て作ってくれる炊き出しのおむすびを涙して頬張り感謝し、勇気づけられている毎日である。

〈ギターソロ1曲　朗読の間、低くスローテンポの曲〉

朗読

「そのけなげな表情を」

泥をかき出すボランティア詩人　黒川　純

私は忘れないだろう
悲しみでもない
悲しむでもない
肩を落とすでもない
不満というのでもない
訴えるでもない
責任を問うでもない
怒るでもない

頼るわけでもない
でも
私の視点をぐらぐらと揺らし
ざわめきを呼び出し
先が視えない暮らしを
頬を伝わる涙で伝える
そのけなげな表情

〈ギター伴奏終わる〉
〈住職の読経大きくなり終わる〉

民江　「今朝は爺っちゃも父ちゃんも、風呂さへえったんだぁ」
爺っちゃ　「ンだ、気持ちよがったなあ。確か十日ぶりだぁ」
好夫　「お父う、今日も港さ行ぐのか」
爺っちゃ　「そンだ、ワカメのたねっこ何とか今拾わねえと、来年の稼ぎは当てにならねえもんなぁ」
好夫　「そンだな、俺たち若いもんは、今日も加工所や港のガレキ片づけだ。いつまでかかることやら解かんねえ」
爺っちゃ　「まあまあ福島の原発被害からみれば、俺たちはまんだますだ。日本中から食料さ送ってもらって有難てえこっだ。これで下着さ送って貰えればもっと有難てえがな」

〈舞台暗転　爺っちゃにスポット　他退場〉

〈爺っちゃ　独白〉

爺っちゃ

「婆っちゃ、毎日毎朝、港からもっと浜の方までワカメの根っこ探しに行くんじゃが、俺らの本音はのお、おめえと孫ども探してやんねえと可哀そうで可哀そうで、おめえたちゃ、冷てぇ海ン中に居るんかのお」

〈スポット　朗読者へ〉
〈ギター　伴奏〉

朗読

「存在」　水月りら

眠れぬ夜の瞼のうらがわに
あなたを探していました
途切れない余震の情報に
いのちの安寧を念じた沈黙は

夕闇をほのかに照らす街明かりのように
ひとつ　ふたつ　みっつ　よっつ
何もない瞼のうらがわを点します

あたたかな灯かりは
誰のものでもないのに
誰かのために照らしていることを
こんなに身近に受けとめられたのは
あなたのお陰です

心配するだけで目一杯のわたしは
被災地から届くあなたの声に安堵するのです
「生きる」ことを届け合う日々に
あなたの影がわたしなら

わたしの光はあなたでしょう

あなたがいなければ生きてはいけないと
軽率に口走ることは避けてきたけれど
わたしの命はわたしのものではなく
あなたの命もあなたのものではなく
私たちの存在はいつも誰かのために
存在するのだと
あなたに生かされています

今宵も眠れぬ夜に信じた再会
あなたの言葉が瞼のうらがわに
ひとつ　ふたつ　みっつ　よっつ
灯かりになって点ります

誰にも見えなくても
いくつもの灯かりが願いになり
わたしたちの帰る明日を
照らしています

〈ギター　伴奏〉

朗読

「危機を告げるカナリア」──遠藤未希さん　　司　由衣

海辺の防災対策庁舎では
いつのときも　備えに
カナリア籠を
置いていた

籠には鍵は掛けられていない
（逃げようとおもえば逃げることもできた）

カナリアが鳴く　死を決して告げる
「六メートル強の津波が来ます
高台へ　高台へ　避難してください」
「ただいま　ただいま　津波が襲来しています
高台へ　高台へ　早く逃げて下さい」

猛り狂った海の舌は　またたく間に伸び上がり
街を一気呑みした
家を　車を　ビルを　樹を　なぎ倒し
高台へと逃げまどう人びとまで呑みこもうと
背後から追いかけてきた

万という人びとがさらわれた
濁流の渦に巻きこまれた家族が
てんでばらばら流されていく
ひとりぼっちの深い闇に消えていく
万という魂たちよ
せめて　あて処なくとも漂い漂うて
巡り合いつなぎ合うことのあってほしい

泥の衣をまとい沖合に打ち置かれた屍たちは
だれの身代わりだったのか
生き残った私たちは何をすればいいか
責め苦に眠れない夜があるのなら
擦れ傷だらけの屍に心が痛むなら
その無念と悲しみを置き棄てて

よんやよんやの復興を先駆けてはならない
ひたすらその償いに生きなければならない
あの大敗した戦いに水漬となった無数の英霊の
虚しさ　悲しさが　どれほどのものだったか
今さらめく　思い巡らす

呑まれてしまった　カナリア
呑まれていく　必死のさえずり
陸地にはもう届かない　だれにも聞こえない
水底に消えた魂たちよ
あなたたちには聴き分けることができるのか
青い海の深く　幻のカナリアが歌う
あなたたちのための鎮魂曲

海辺に赤い骨組だけが残された

〈ギター　伴奏〉

朗読

「希望」　設楽壽一朗

私たちは、有るとあらゆるあなたを傷つけながら生きている
あなたは、何故に、私たちをほったらかしにするのか
おそらく、あなたは私たちがまだ未成熟で危ういから
対等に話もできないと想っているようだ
だが、私たちは気づいていている

遥か昔、私たちの祖先がこの地に遣って来た時
これ以上先に進めない、永遠の地であることを知った時

あなたと交わした約束があることを
傷つけた分以上の創造なくしては、あなたは許さないことも
だが、改めて云っておこう、私たちは必ず、約束を履行する
あなたと対等に語り合うことを実現する
その時、あなたは無視を決め込むことはできない
何故なら、最初に私たちの存在を許したのは、あなた自身だ
しかも、一羽の不死鳥を添えたのも、あなた自身ではないか
私たちの祖先は、この不死鳥を「希望」と名付け
最後の砦とした

〈ギター　伴奏〉〈朗読の間小さくスローテンポで〉

「それからの浦島」　有馬　敲

すでに
龍宮城の玉手箱は開かれていた
巨大な地震が原子力発電所を破壊し
放射能の白い煙がまだ
もうもうと立ちこめている
牙を剥く津波に襲われた漁船や自動車
えたいの知れないゴミの山
ヘドロが積もって田畑の作物も見えない
あれはアニメの物語だったか
真珠や珊瑚に飾られた奥御殿は
ネオンサインがこうこうとかがやき
まばたく文字や絵が変化していた

みめうるわしい乙姫様のご馳走も
なまめかしいタイやヒラメの舞い踊りも
ただ珍しく　おもしろく
夢まぼろしのうちに月日が過ぎていった

すっかり年老いて
とぼとぼと歩いていく瓦礫の沿岸には
もと住んでいた家も　村も流され
顔見知りのひともいない
ところどころ建物の残骸や
漁具の破片が散らばり
唄もなく　荒涼とした風景の中に
生臭い潮風が吹いてくる

ケータイやパソコンも持たないまま
途方に暮れて　急な坂道を登り
断崖に取り残された村落の墓地に出た
昔ながらの山はいちめんの緑に映え
青空を背にして野鳥たちが飛び交っている
眼下では　海原がしずかに波打っている
かろうじて身投げから踏みとどまって
生きるよすがをもとめ　坂道を降りていく

〈津軽三味線　演奏〉

―第三場― 「明日に向かって」

〈舞台下手のダンボール等はなく、上手にはある。舞台には誰も居ない〉

ナレーター

季節は春から初夏になろうとしている。暖かい日差しに人々は永かった悲惨な冬を想い、波にのまれて逝った家族に合掌する毎日である。そしてこの地域にもやっと仮設住宅が建ち始め、ここの避難所からも数世帯が引っ越していった。

〈ギター演奏3分　朗読になると小さくなる〉

「さくらちゃん」　すみくらまりこ

初節句のおひなさまは
まだ七段の上で笑っていた
桃の花も香っていた

赤ん坊は
幸せの笑顔にくるまれて
育っていた

大津波の黒い水が
渦巻いてすべてを
呑みこんでいく瞬間までは

祖母が流された
祖父が流された
父が流された

そして母は
木の枝に赤ん坊を
とっさに吊り
流されていった

救助ヘリが
木に掛かる女児を見つけ
いのちが助かった奇跡

避難所では

誰の子かも分からない子を
満開の「さくら」と名付け
みなで可愛がり育てた
さくらちゃんは
人懐こく
花の笑みを振りまき
みなに愛されて

大船渡までやってきた
慰問歌手「マサコ」の胸を
母のように慕ったという

いのちは立ち上がる
いのちは歩きだす

いのちは話す
さくらちゃんの成長は
復興の歩みと同期する

〈ギター終わる〉〈爺っちゃ　息せききって登場〉

爺っちゃ　「あったあった見つけたどう。根株じゃ、ワカメの根っこじゃ」

〈住職・好夫・民江　上手より、避難の人々は下手より登場〉

爺っちゃ　「今日はのう、港の反対側まで足を延ばしたんじゃ、ンだば岩場でガレキが山になっとる先で見つけたんじゃ、婆っちゃの導きじゃ。はあーこれで

好夫　来年の種付けに、なんとか間に合うた」

好夫　「お父う、えがったなあ、あすたっから（明日から）縄用意して種付けじゃな。おらたちも、港のガレキ片付けも一段落したで、お父うと二人で種付けじゃな」

住職　「良かったのお」

避難人　「えがったなぁ」

好夫　「お父う、もう一つ目出てぇ話があるんじゃ」

〈振り返り若い母を手招きしてお腹をさすり〉

好夫　「こいつ身ごもったで、褒めてやってけれ」

〈一同、驚いて笑顔になる。若い母恥かしくなる〉

住職　「おうおう、そっちも種付け出来たんじゃな、目出たい目出たい。
ところでお前たち、いつどこで種付けしたんじゃ」

〈一同　顔を見合わせ笑う〉
〈爺っちゃ　独白〉

爺っちゃ　「婆っちゃ、家族6人で幸せに暮してきたども、三人になってしもうた。
だど　も嘆いてばかりいてもすっかたねえ。また孫さ生まれっていうから、
おらも若けえ二人を助けてやんねえとな。どうか婆っちゃ、見守ってけれ」

〈ギター　伴奏〉

「凪の営みに」

水月りら

「無事よ」 この言葉を聞くだけで安心する
電話　メールの向こう側
芽吹きを祈る被災地の呼吸
手を取り合い　支え合い　助け合い譲り合う絆
逆境から生まれるドラマは温かい
誰かのために熱い涙を流し合おう
それだけで誰もが優しい勇者になる

うららかな陽射しに茫然と立ち尽くす
昼下がりの公園には誰もいない
ブランコもすべり台も鉄棒も
空だけを眺め　時の流れを凌いでいる

心配するだけでは親切ではないと
風は吹きぬける
花壇の蕾はふくらみ始めていた
朝凪のような営みを見つけて
あふれる気持ちを募金する

鳴り止まぬ余震の遠吠えに
寡黙に祈る廃墟の風の声
瓦礫に消えた命の灯は
生あるものに願いを託す
吐き出された絶望は　闇には消えない
人々の手のひらを束ねたような蓮の花
信じて築こう　やがて訪れる
夜明けの出逢いのために

〈ギター　伴奏〉

朗読

「このままボクは」　三浦千賀子

父さんも　母さんも
犬のロンも
流されてしまった

学校へ行っていた
ボクだけが助かったのだ

父さんや母さんが
嫌いで

反抗していたわけじゃない
父さんや母さんが
いてくれるから
甘えていただけなんだ

たった一人になったその日から
ボクは
どうも違ってしまったようだ

小さな子どもが
さびしそうにしていたら
話しかけてしまっている

お年寄りが

困っていたら
手を貸そうとしている

今では
救援物資の配布を手伝って
ボランティアの列の中にいる

甘えん坊で
わがままだったボクは
どこへ行ったんだろう

もうあんな
幸せな時は
戻ってこないのだろうか

さびしさをおさえ
不安をかくし
このままボクは
大人になっていくのだろうか

〈ギター　伴奏〉

朗読

「海底のピアノ」　井上哲士

あのピアノから
音は消えた
今はもう

海の底
傾いて横たわる
ほの白い鍵盤が
にぶく光る

海底探索の船の
エンジン音ばかりが響く
いまだ澄むことのない
漁場だった海中に
自動車が沈み
時計は止まって
どろから頭を見せている
海底の沈黙

今はただ願う
わずかに射す光のなかで
眠り続ける幾万のたましいたちに
鎮魂の音のしらべを
どうか弾いてやってほしい
残された人間には
聞こえなくてもいい
あの　海底のピアノから
再び歌を響かせてくれ
母なる海よ

〈三味線　伴奏〉

「明日だけを見つめて」　上村多恵子

強がりかもしれない
カラ元気かもしれない
それでも駆けていこう
明日だけを見つめて
信じることにしよう
まだまだ善意もあることを
そんなに捨てたもんでなく
笑顔でいれば
道が開けてくる神話に
賭けてみよう

見えすいた親切かもしれない

そんなに甘くないかもしれない
それでも走っていこう
明日だけを見つめて
動き回ることにしよう
まだまだ人の世はさまざまで
思わぬ優しさもあることを
夢さえあれば
叶えられるまじないに
委ねてみよう

壁があるかもしれない
気持ちが萎えるかもしれない
それでも前進していこう
明日だけを見つめて

歌い続けることにしよう
まだまだそれしきには挫けない
呑気だとそしられようと
希望さえあれば
力を合わせば達成する伝説に
託してみよう

〈三味線演奏　激しく元気が出るような曲2分〉
〈ひき続きナレーションの間小さく〉

ナレーター

今年の東北六魂祭は一堂に会しました。福島わらじまつり、盛岡さんさ踊り、仙台七夕まつり、災害が大きかったこの三県と、青森ねぶた祭り、秋田竿燈まつり、山形花笠まつりが仙台に結集しました。会場は熱気に溢れ数万人の人で賑わい、東北人の誇り高い魂、不屈の魂を奮い立たせる起爆剤となりました。まだまだ続く試練を乗り越えて、新しい東北、新しい日本を共に築くため、遠く離れたここ関西からも、心を一つに応援して参ります。

〈三味線　ナレーションが終わると同時に大きく
　約5分演奏の中で東北弁の口述が入る〉

—幕—

詩劇「鎮魂と復興のうた」

2018年11月1日 第1刷発行
著 者 田村照視
発行人 左子真由美
発行所 ㈱竹林館
〒530-0044 大阪市北区東天満2-9-4 千代田ビル東館7階FG
Tel 06-4801-6111 Fax 06-4801-6112
郵便振替 00980-9-44593
URL http://www.chikurinkan.co.jp
印刷・製本 株式会社太洋社
〒501-0431 岐阜県本巣郡北方町北方148-1

放送劇

「いのちを削る」

脚本　田村照視

登場人物

ナレーター

石川　治《おさむ》（三十八歳）　東京電力福島原発の孫請け会社に二十年勤務
高橋正雄の親友（小・中・高校ともに同級生）

石川恵子（三十五歳）　石川　治の妻

高橋正雄（三十八歳）　東京電力福島原発の孫請け会社に二十年勤務

高橋きぬ（七十一歳）　正雄の母（婆ぁば）
正雄と仮設住宅暮らし
アルツハイマーの進行がみられる

居酒屋《浜》の女将（六十三歳）

浪速のおっちゃん（六十歳前後）大阪の西成から来た日雇い労務者

山谷のおやじ（六十歳前後）　東京の山谷から来た日雇い労務者

ナレーター

東京電力福島第一第一原発は、二〇一一年三月十二日、一号基が水素爆発を起こした。十四日には三号基も爆発、二号基はメルトダウンその結果、炉心溶融を起こし始めた。

あれから四年が過ぎ、これら三基の燃料棒は、格納建屋からも抜け落ちて、コンクリートの基礎部まで溶かし、核燃料デブリとなった総量は九〇〇トンといわれている。内部の温度は数千度の高温と予想され、超高度のセシウムが充満している。

安倍首相は世界に向けて「福島の原発事故は終息に向けて完璧にコントロールされている」と宣言したが、諸外国のメディアは太平洋に流れ出す大量の汚染水を調査して強く否定している。

廃炉には少なくみても、四〇年以上といわれている。

廃炉作業には毎日七〇〇〇人の労務者が従事しているが、作業員のうち一〇%弱の、三〇〇〇人が地元の人たちである。その中の二人、福島原発で二十年働いている「高橋正雄」と「石川　治」の場合を追ってみよう。

正雄と治は高校卒業後、地元の東京電力の孫請け会社に就職。幼馴染で仲の良い二人はふる里の復興と原発の廃炉に向け、情熱を注ぐ毎日である。正雄は結婚して十年、妻と子どもたちを仙台に避難させて婆ぁばと二人暮しだが、治の母親は健在で避難区域で居酒屋をしながら居続けている。治たちには息子の「正治」のこともあり周囲から避難するように勧めるのだが、嫁の恵子は姑に気兼ねして同居している。

正雄の住んでいたのどかで平和な村、萱浜《かいばま》は総て津波に流され、父の嘉助は先祖の位牌を取りに帰り逃げ遅れ、未だに行方不明者の一人である。母のきぬ・婆ぁばは、夫の嘉助・爺ぃじが必ず生きて帰って来ると信じ、家も畑も流された荒野の元の家の庭に、嘉助が孫に買い与えた鯉のぼりを、目印として立てて帰りを待っている。

シーン１　いわき市の仮設住宅（ドアが開く　風が強く吹いている）

正雄　「けえったよう婆ぁば、ただいま」

きぬ　「あー正雄お帰り、今日はいち日じゅう吹雪いて寒かったろう?」

正雄　「ん。まあ慣れっこだから」

きぬ　「それが恐えんだよう。油断して建屋の上からでも足さ滑らせたら・・・。気をつけてくれねえと」

正雄　「うん　分かってるよう、すんぱいねーてば」

きぬ　「ほんとだよう。おめえに何かあったら、仙台に避難している民江さんや孫たちは、立ちいかねえんだからな」

正雄　「そんだらこと俺らだってわがってるだ。あいつ等のこと考えたら用心して用心してやってるだぁ。今年に入って建屋の上から四人も足滑らせてえ落っこちて亡くなってるだ」

きぬ　「そうだってなあ、恐ろしいこった。ところで今度の休みは、前の晩から仙台さ行ってやるんだべ」

正雄　「うん俺らもそうしたいと思ってる。それと萱浜《かいばま》の鯉のぼりが、もうボロボロになっちまってるべ。あれでは爺ぃじも何処さ帰えったらいいのか分かんねえから、爺ぃじが子どもたちに買ってくれた仙台の店さ寄って、新しい鯉のぼりと買い替えねえとなあ」

きぬ　「そういえば今日おかすなことがあったんだあ。携帯さ鳴るんで出てみると爺ぃじが悲なすそうな顔して写っとって、すばらくするとす〜と消えていぐんだあ」

正雄　「ええ？　婆ぁばがまた携帯の変なとこ押しちまったんじゃねえのか？」

きぬ　「そんなこたねえ。おらどこも押すてねえてば」

正雄　「ふーん、婆ぁばが爺ぃじのことばかり思っているから、逢いに来たんかのお」

きぬ　「まんだ朝早かったで。おめえが出てすばらぐすてからだ。おら居ても立ってもおれなくなって、バイクさ飛ばして萱浜まで行ったんだぁ」

正雄　「そんだら危ねえことを。いま六号線はダンプの洪水だ、無茶すんでねえ。そんでどうだった？　何か変わったことあったか？　辺りはあのまんまだったか？」

きぬ　「辺りはなんも変わんねえ。人の子ひとり居らんじゃった」

正雄　「やっぱりの・・・」

きぬ　「ところがのう、急に牡丹雪が降り始めた時じゃ。遠くが見えんようになって合羽さ着ていると、確かに海の方から誰か来るように見えたんじゃ」

（正雄は婆ぁばのアルツハイマーを気にしながら）

正雄　「ふーん、まあまあ分からねえでもねえけど」

きぬ　「本当のことじゃ。こんなことおめえにしか言われねえが、家さあった横の川を、海の方から白ろーい着物を着て、長ーい杖をついて、腰まで水に浸かって、誰か来るのが見えたんじゃ。あれは爺ぃじじゃ。いいや確かに爺ぃじじゃ」

正雄　「そうかぁ。そうかもしんねえな」

きぬ　「それがのう。それがのう牡丹雪が止んだら居らんようになってしもうたんじゃ。そんだで、俺ら慌てて浜まで探しに行ったんじゃが、居らんのじゃ。いくら探しても居らんのじゃ」

正雄　「爺ぃじも帰りたいんじゃのう。婆ぁばに逢いたいんじゃのお」

きぬ　「あ、そうじゃ正雄、鯉のぼりはもうボロボロだで、ほら、吹き流しさ有ったじゃろう。治に手伝ってもらって、吹き流しさ替わりに立ててけろ」

正雄　「うん、そうだな。吹き流しならならまんだ新しいから、婆ぁばがいうように取りあえずそうするだ」

【暗転】

ナレーター

三月一一日から四日目のことである。正雄たちは十二日に爆発した周辺の瓦礫の後片づけをしていた。その時、三号基が二度にわたって金属性の爆発音と同時に、黒煙が数一〇〇メートル上空に舞いがった。水素爆発と言われているが、確たる発表はされていない。

あれから五年が過ぎ、原発周辺の放射線量は依然として高く、二〇キロ圏内は帰還困難区域であり、福島県だけで避難生活者は十一万人にのぼる。帰還に必要不可欠な除染作業は、表土を削り取った土や瓦礫をつめ込むと、一トンにもなるフレコンバックとよばれるビニールの袋に詰め、田んぼや畑、道路脇に山積みにされ野晒しになっている。この行き場のない汚泥や瓦礫は、八万七千ヵ所ある、福島中が巨大な瓦礫置き場だ。

やっと中間貯蔵施設が双葉町と大熊町に決まったが、あくまで中間貯蔵施設であり、最終処分場を引き受ける自治体は、果して出てくるのであろうか。

四年前の水素爆発を境にして、正雄たちの仕事の内容は大きく変わった。

メルトダウン前までは点検作業や津波の後片づけであったが、今は強い線量のなか廃炉に向けて、危険で気の遠くなるような時間が過ぎていく。

今日も汚水貯蔵タンクの水漏れと、放射線の強い水路が多く、まだ暗いうちから作業員を乗せたバスの中、高橋班と石川班が現場に向かっている。

シーン 2　廃炉作業現場（周囲のバスやトラックの騒音）

正雄　「皆さんおはようございます、あと十五分位で現場に到着します。ちょうど明るくなる頃だと思います。これが今日の会社からの指示書です。今日は私の班は二つに分かれます。私と浪速のおっちゃんと、八番と九番は、排水洩れの会所がある三号基と四号基の間で、くみ上げ作業をします。あとは石川班と一緒に汚水タンクのボルトの増し締めに回って下さい」

治　「石川です、おはようございます。皆さんも知ってのとおり汚染水タンクは今日で八百十四基になりました。汚染水は毎日三百五十トンぐらい溜まりますから、千トン収容のタンクを三日で一基作らねばなりません」

浪速の　「へえーっそんなん出来るんかいな、三日で一台って間に合うんかいな。一体全体どこで作くっとんや」

治　「したがってタンクを製造する時、つなぎ目を溶接している時間がないのです。接合部はボルト締めになっていますがパッキン着装をしています。それでも千トンの汚染水の圧力で、洩れている個所があります。今日は私が増し締めの必要な箇所をチョークで丸をして行きますので、皆さんは増し締めが終れば丸にばつ印を付けていって下さい」

正雄　「今日の作業はどちらの班も、強い線量を喰うと思います。したがって六時作業開始、九時終労、三時間で交代する班に、予定の工程を完了させて引き渡します、防護服、マスク、ヘルメットの着用は当り前だが、ヨウ素剤を飲み忘れないことと、線量計は必ず持って下さい」

浪速の　「線量計ってうるそうてしょうがないわ。すぐピーピー鳴りおって邪魔や、そんなとこはみんなワシら爺じぃの決死隊にまかしときいな」

治　「それは駄目です。私の班にも決死隊だと言って何人かお年寄が居ますが、もっと自分を大切にして下さい」

浪速の　「ワシら線量食わんかって、いつまで生きとるやら分からへん。どうせ西成で仕事も無しにブラブラしてるとこを、〈人出し屋〉の若い兄ちゃんにつれて来られたんや、いつどうなってもかまへんにゃ」

山谷の　「そうだそうだ、俺っちも山谷の喰いつめものさ。いつどうなったて文句ぁねえよ、けどよう、こう見たところほとんどが、とうしろうじゃねえのか? 原発作業経験者つうのは、この中に居るのかよう」

治　「私も高橋班長も二十年の経験があります。三・四年の経験者も数名いますので安心して下さい」

山谷の　「そうかい数名ってとこかい、まあいいってことよ、俺たちゃ一日七千円貰って、言われたことをやるっきゃねえもんな」

治　「ああ、それからもう一つ、いつも注意していることだが、テレビの人や新聞記者とは絶対に話をしないようにして下さい。これは上の方から強く言われていることですので、必ず守って下さい」

正雄　「はい、到着しました。防護セットをもう一度確認すること」

浪速の　「さあ、今日もやるか」

山谷の　「早く終わらせちまおーぜ」

（バスの止まる音、どやどやとバスから降りていく）

治　「おい正雄、おめえにちょっと相談さあるだ」

正雄　「何だぁ改まって、おめえちょっと顔色悪いな、急ぐのか」

治　「うーん。あすたの夕方、おふくろの店《浜》さ付き合ってけろ。詳しいことは恵子から説明さ、させるから」

正雄　「えーッ恵子さんからってどうゆうことだ」

治　「急なことで申し訳ねえだが、頼むよ」
正雄　「わがった、あすた居酒屋《浜》だな」
浪速の　「班長、早よう行かんと会所の水、溢れるでー」

【暗転】

ナレーター　二十九年前のチェルノブイリでは、爆発から現在まで、甲状腺癌で亡くなった人は約六千人になる。初期には発症は少なかったが、四、五年経ってから増加し始めた経緯があるという。福島も時間経過とともに発症比率が高まってきた。
通常、子どもの甲状腺癌は百万人に一人と言われているが、最近の調査によると、福島県では十八歳以下三十万人の検診者のうち、甲状腺癌患者が一〇〇人以上発見された。明らかに放射線被曝によるものである。
したがって、帰還可能な地域になっても、子どもたちと別居している家族は多い。できるだけセシウムの少ない地域に子どもを避難させていたい親心からである。正雄にしても、家族との別居生活は四年過ぎているが耐えざるを得ない。

　水素爆発、メルトダウン以後、三次下請け会社の待遇は極端な変化をみせた。危険手当がほとんど出なくなったこと、政府や東電が作業者に対する放射線の許容範囲を、年間百ミリシーベルトから二百五十ミリシーベルトに引き上げられたことなど、不安な気持ちに追い打ちをかける。

　また人出し業といわれる、末端の下請け業者が送りこんでくる日雇い労務者は、原発作業どころか土木作業にも経験のない作業員ばかりで、東電の社員は線量の多い危険な現場からはすぐ姿を消してしまう。

　正雄は、治の呼び出しにいつもと違う不安を覚えながら、居酒屋《浜》に、きぬを伴って来た。数日前から、きぬの爺ぃじへの妄想は日ごとに増してきているので、夜は一人にはしておけない。

シーン 3 吉幾三の歌

治 「こったら遅い時間に来てもらって、申す訳ねえ」

恵子 「本当に私たちのことでご苦労かけてすみません」

正雄 「何言ってんだ。俺だちは夫婦で幼馴染だぁ。兄弟みたいなもんじゃあねえか。水臭いことは言わねえで、いつものように何でも話さ聞かせろ」

きぬ 「治、大丈夫だ。もうすぐ爺ぃじが帰ってくるから、何でも相談しろ」

正雄 「あ、すまねえ。ここんとこ婆ぁばの調子がおがしいんだ」

女将 「無理もねえ、仲の良い二人だったたで。きぬさんの気もつは爺ぃじだけで一杯だぁ。あまりつっつかねえでな、正雄」

正雄 「女将わがってる。それより恵子さん、相談さ聞かせてけろ」

恵子 「実は、長男の正治のことなんです」

正雄 「正治がどうすた?」

恵子 「甲状腺癌なの」
正雄 「えーッ、甲状腺癌？」
恵子 「鼻血は、前から何回か出したことがあったの。でも福島県立医大のスクリーニングを受けた時は陰性だったから。まさか正治が、うちの子が・・・」
治 「恵子の叔父が川内村で小さな病院をやっているのはみんな承知だが、その叔父さんから、福島医大の検査は信用ならねえ、知りあいの医者さ紹介するからそこで検査しろって言われて検査し直したんだ。まさかリンパ節に癌が転移しているとは。うちの子に限って、正治に限ってそんだらこと・・・」
正雄 「いったいどうゆうことだ？　福島医大の検査は出鱈目じゃねえか」
恵子 「十八歳以下、何十万人を一次検査をして、二次検査は二年後だって。中には、よほどひどい水膨れがあったりすると早めの追検査をお勧めしますって通知が来るらしいの。正治にはそれすら来なかったわ」
治 「福島医大に行って、なんのための検査だ、どこ検査してるだって怒鳴りこんだが、どこの病院で検査したのですか、ちゃんとした病院ですかって聞きやがった。おまけに叔父の知り合いの医者に口止めの圧力までかけやがった」

女将　「そんだらこと皆知ってることだ。ここに来る客では評判だぞう。国と県がつるんで抑え込みにかかってるだ。農産物や海産物の評判を落としたくねえのよ。それにオリンピックもあるだろう」

恵子　「あなたが毎日毎日線量を浴びて、私たちのために危ない仕事をしてくれているのに。正治が癌になるなんて・・・正治が、（おらもう学校にはいきたくねえ。みんなが、手術した首の傷を見て、チェルノブイリだ、正治の首飾りだって言いやがんだ）って」

治　「おら、今まで何のためにこんな仕事をしてきたのか分からなくなったんだ。正雄、おめえとは、福島のために、おらたちが生まれ育ったふる里のために元の穏やかな街にしよう、一生かけてこの復興の仕事さ取り組もうって約束したが、おら、正治を見てると、もう気力がなくなっただ」

恵子　「私もいけなかったの。お父さんもお母さんも子どものために避難を勧めてくれていたんだけど、年寄り二人をおいては何処へも行けないって、心に決めていたの」

治　「いいや、それはおめえだけの所為《せい》じゃあねえ。俺らも同じ気持ちだったし、心の中でどれほどおめえに感謝していたか。両親を本当に大事にしてくれて、今まで口には出して言わなかったけど、恵子、すまなかった。ありがとう」

正雄　「・・・わがった。治も恵子さんも、避難することに決めたんだな。正治は俺らにとっても大事な子だ。治と俺らの名前を一字ずつ取ってつけた可愛い子だ。寂しくなるけど、俺ら承知だ」

治　「すまねぇ、正雄」

正雄　「それで、行先はもう決まっているのか」

恵子　「いいえ、まだなんです。川内村の叔父が何箇所か当たってくれているのですが」

正雄　「遠くてもなあ、線量の少ないところへ行ぐんだぞ」
恵子　「はい」
女将　「若いもんがどんどん出て行ってしまうんだなあ。年寄りばかり残って、どうなっていくんかのう・・・」
きぬ　「今日、爺ぃじから携帯電話さ来たんだ。治、爺ぃじに相談しろ。放射能なんか一人でやっつけるだ。もうすぐけえるから待っててけろって、電話さ来たんだ。おら爺ぃじにもうすぐ会えるだぁ。嬉すくって嬉すくって」
正雄　「んだな、婆ぁば。そのためにも早ぐ鯉のぼりば立て替えねばな。治、手伝ってけろ」
治　「もちろんだぁ。婆ぁば、じっちゃんはすぐけえってくるよ」
きぬ　「ああ、もうすぐ、もうすぐだぁ。爺ぃじ、みーんなで待ってるよー」

【暗転】　幕

放送劇「いのちを削る」

2018年11月1日 第1刷発行
著 者 田村照視
発行人 左子真由美
発行所 ㈱竹林館
〒530-0044 大阪市北区東天満2-9-4 千代田ビル東館7階FG
Tel 06-4801-6111 Fax 06-4801-6112
郵便振替 00980-9-44593
URL http://www.chikurinkan.co.jp
印刷・製本 株式会社太洋社
〒501-0431 岐阜県本巣郡北方町北方148-1